Wackere Eierköpfe

Nonsens und Satire

Reinhard Staubach

Über den Autor

Reinhard Staubach, 1947 in Hinterpommern (Polen) geboren, lebt gegenwärtig in Oberschwaben. Nach dem Besuch der Volksschule absolvierte er eine Handwerkerlehre. Er fuhr zur See und erwarb das Abitur auf dem zweiten Bildungsweg. Anschließend studierte er Germanistik und Erziehungswissenschaft. Während zwei Jahrzehnten Berufstätigkeit im Führungsmanagement, lebte er für kurze Zeit in Frankreich.

Wackere Eierköpfe

Nonsens und Satire

Reinhard Staubach

Umschlaggestaltung vom Autor

Korrektorat: Walter Haberl

Reinhard Staubach
Wackere Eierköpfe
Nonsens und Satire

1. Auflage
© Copyright by Reinhard Staubach
Ebersbach-Musbach, 2022

Herstellung und Verlag:
BoD – Books on Demand, Norderstedt

www.staubach.biz

ISBN 978-3-7562-2065-6

Sollte ich vergessen haben,

einen der Anwesenden zu beleidigen,

so bitte ich um Entschuldigung.

Johannes Brahms (1833-1897)

Sternstunde

Der Urknall

Eierkopf A: Was geschah im Universum vor dem Urknall?

Eierkopf B: Es gab keinen Urknall.

A: Doch, alle Wissenschaftler sind sich einig, dass es einen Urknall gab.

B: Hast du ihn gehört?

A: Werde bitte nicht albern. Tatsache ist, dass das Universum sich ausdehnt, seit dem Urknall.

B: Quatsch. Die Forscher schauen nicht genau hin. Das Universum pulsiert. Das ist so wie bei Ebbe und Flut am Strand. Bei Hochwasser wurde nicht ein einziger Liter Wasser zusätzlich in den Ozean gegossen; es sieht nur so aus, als ob sich das Meer ausgedehnt hätte. Ebenso ist es beim Universum.

Tatort Busen

Der Ehewunsch

Eierkopf A: Ich werde nächste Woche heiraten.

Eierkopf B: Wen denn?

A: Mich. Ich führe dann eine Ein-Ehe.

B: Das ist Unfug. Du bist Single. Zu einer Ehe gehören mindestens zwei.

A: Ich weiß; es gibt Ehen zu zweit, Ehen zu dritt, zu viert und so weiter. Deshalb ist es nun an der Zeit für eine Ehe für einen. Wegen der Steuervorteile.

B: Was sagen die auf dem Standesamt dazu? Möglicherweise zweifeln die deine Daseinsberechtigung an. Ist dir nichts besseres eingefallen?

A: Doch, aber die will mich nicht haben.

Löwenjagd

Die Unsterblichen

Eierkopf A: Wissenschaftler prognostizieren, dass es aufgrund des Klimawandels immer problematischer wird, die Weltbevölkerung zu ernähren. Jetzt hungern schon täglich Unzählige oder mehr.

Eierkopf B: Offensichtlich gibt es zu viele Menschen auf der Erde, besonders in den Entwicklungsländern.

A: Willst du jene verhungern lassen oder gar umbringen, damit die Elite sich weiterhin den Bauch vollschlagen kann?

B: Nein, auf gar keinen Fall. – Aber irgendetwas stimmt da nicht. Wenn alle, die geboren werden, auch sterben, dann dürfte die Erdbevölkerung nicht zunehmen und müsste ihr Niveau halten.

A: Vielleicht sterben immer mehr Zeitgenossen nicht, weil sie unsterblich sind?

Klassentreffen

Die Chaostheorie

Eierkopf A: Was tippst du gerade?

Eierkopf B: Einen neuen Roman.

A: Und warum verwendest du dafür eine Geheimsprache?

B: Das ist keine Geheimsprache. Ich arbeite nach der Naturmethode, zum Beispiel: nsju de tiUnIUZnb psoTn sdfuirl, zezz Hop bmaly, usw.

A: Ich bitte dich, das kann doch niemand lesen, geschweige denn aussprechen.

B: Warten wir's ab. Nach der Chaostheorie ist die Natur in der Lage, eigenständig geordnete Strukturen im Chaos herzustellen. Das heißt, sie bildet aus dem Buchstabensalat automatisch perfekte Wörter, tadellose Sätze und letztendlich einen brillanten Roman. Kurz: Einen Bestseller.

Klassiker

Faszinierendes Eheproblem

Eierkopf A: Deine Frau hat mir erzählt, dass du sie ständig ärgerst.

Eierkopf B: Quatsch.

A: Sie sagte, dass ihr der ständige Ärger auf den Magen schlüge und dass sie deshalb schon abgenommen hätte.

B: Kokolores.

A: Unter dem Siegel der Verschwiegenheit hat sie mir anvertraut, wenn das so weiterginge, wolle sie dich verlassen.

B: Wann?

A: Sobald sie auf sechzig Kilo runter sei.

Der Miesmacher

Die erfolgreiche Predigt

Eierkopf A: Schau mal, der Pfarrer blickt sehr finster drein.

Eierkopf B: Vielleicht ist ihm seine Predigt nicht wie geplant gelungen. Wir sollten ihm ein Kompliment machen.

A: Von der Kanzel blickte er noch sehr zufrieden in die Runde.

B: Und was ist inzwischen passiert?

A: Ich sah, wie er nach dem letzten Amen in den Klingelbeutel griff. Sogleich verfinsterte sich sein Gesicht.

B: Ach so, er ist enttäuscht, weil nicht so viel Geld drin war, wie erwartet.

A: Das wundert mich nicht. Nachdem er eine ganze Stunde über Sparsamkeit gepredigt hat.

Das Gesetz

Ein neuer Name

Eierkopf A: Vergiss bitte meinen alten Namen. Ich heiße jetzt Samsonorus von Sonnenstein.

Eierkopf B: Warum das denn, Samsonorus? Du hattest doch einen guten Namen?

A: Ja, aber unter dem war ich überall bekannt und in aller Munde.

B: Mir fällt niemand ein, den das störte.

A: Aber ich bin jetzt erheblich älter und wurde von allen Winden umweht.

B: Und was hat das mit dem neuen Namen zu tun?

A: Der Tod hat sich bereits auf den Weg zu mir gemacht. Und wenn er vor meiner Tür steht und »Somsonorus von Sonnenstein« liest, denkt er: ‚Oh, ich bin hier falsch.‘ Und er geht wieder.

Das Menü

Leben von oben

Eierkopf A: Etliche Wissenschaftler sind der Meinung, dass Meteoriten das Leben auf die Erde brachten. Denn in deren Gestein fanden sie die Bausteine des Lebens.

Eierkopf B: Das Leben kommt also nicht aus der Ursuppe, sondern von oben?

A: Richtig. Die Entwicklung des Lebens auf der Erde hätte länger gedauert, als die Erde alt sei, behaupten sie. Täglich regne es uraltes Gestein auf die Erde. Allein in Bayern rund sieben Kilogramm jährlich.

B: Wer weiß, welche Bausteine und Baupläne in den nächsten Brocken stecken?

A: Möglicherweise haben wir dann bald wieder Mammuts und Dinosaurier auf der Erde.

B: Oder die winzigen Biester: neue Viren.

TV-Talkshow

Die Unsichtbaren

Eierkopf A: Ich fühle mich beim Älterwerden wie Siegfried aus dem Nibelungenlied.

Eierkopf B: Wieso?

A: Ich bin nun mit über siebzig unsichtbar. Mich umgibt eine Tarnkappe, wie seinerzeit Siegfried.

B: Ich kann dich sehen.

A: Du trägst ja auch eine Tarnkappe. Tarnkappenträger können sich gegenseitig sehen. Ist es dir noch nicht aufgefallen?

B: Nein. Was soll mir aufgefallen sein?

A: Die jungen, hübschen und attraktiven Frauen würdigen uns keines Blickes mehr. Für die sind wir knusprigen Senioren völlig unsichtbar.

Der minutiöse Richter

Experten sind Profis

Eierkopf A: Spione wollen herausgefunden haben, dass es so viele Waffen und Bomben auf der Erde gibt, mit denen man die gesamte Erdbevölkerung auslöschen könnte.

Eierkopf B: Und wer hat das ausgerechnet?

A: Experten, die etwas davon verstehen.

B: Wenn die sich alle einig sind, ist Vorsicht geboten.

A: Nun ja, aber die können sich doch nicht alle irren.

B: Experten finden immer Gründe, weshalb Prognosen falsch sind. Ich bin sicher, wenn alles Leben auf der Welt erloschen ist, wird ein Experte die Hand heben und röcheln: »Ich kann beweisen, dass es technisch unmöglich ist.«

Kunst im Wald

Insektensterben

Eierkopf A: Naturschützer behaupten, dass die Insektenanzahl gegenüber früher abgenommen hat.

Eierkopf B: Glaube ich nicht.

A: Aber es gibt wahrhaftig weniger Insekten als noch vor einigen Jahren.

B: Hast du sie gezählt?

A: Quasi. Wenn ich früher mit dem Auto unterwegs war, pappten anschließend unzählbar viele Leichen von Mücken und Flatterviechern auf Windschutzscheibe und Motorhaube. Heute finde ich nach 500 Kilometern höchstens vier.

C: Das beweist, dass die Viecher intelligent sind. Denn sie haben inzwischen gelernt und meiden Straßen und Autobahnen.

Erlebniswelt Bahn

Tabletten überflüssig

Eierkopf A: Hast du mir die Pillen aus der Apotheke mitgebracht?

Eierkopf B: Nö, du brauchst keine Medikamente mehr.

A: Wie kommst du denn darauf? Stante pede brauche ich die Tabletten gegen meine Viren.

B: Auf unser Geld muss die Pharmaindustrie künftig verzichten. Denn es geht wesentlich preiswerter. Und ohne die Nebenwirkungen auf dem Waschzettel. Ab sofort fastest du.

A: Mumpitz! Meine Krankheit lässt sich nicht durch Hungern heilen!

B: Wetten doch? Nach wenigen Wochen bist du kerngesund. Denn wenn deine Viren keine Nahrung mehr bekommen, sterben sie ab.

In der Hexenküche

Hoch und höher

Eierkopf A: Es gibt Gebäude, die haben über hundert Stockwerke. Warum werden immer mehr und höhere Häuser gebaut?

Eierkopf B: Weil die Grundstückspreise unaufhörlich klettern.

A: Falsch!

B: Weil viele Menschen dem Himmel nahe sein wollen.

A: Falsch!

B: Nun sag schon.

A: Damit die Bewohner hoch oben den Zugvögeln auf Augenhöhe gute Reise wünschen können, beim Flug gen Süden.

Berlin?

Mittags Fisch

Eierkopf A: Was gibt es heute Mittag zu essen?

Eierkopf B: Forellen Müllerin Art.

A: Wo hast du die Fische denn geangelt? Im Baggersee oder im Mühlbach?

B: Weder noch, das dauert mir zu lange.

A: Du hast sie also gekauft. Wo?

B: Im Supermarkt an der Fischtheke.

A: Hast du die Fische auch ordentlich gewaschen?

B: Warum das denn? Die waren doch schon ihr ganzes Leben lang im Wasser.

Er lebe hoch!

Die Single-Party

Eierkopf A: Und, hast du auf der Single-Party eine bezaubernde Lady getroffen?

Eierkopf B: Eigentlich schon.

A: Was soll das heißen, eigentlich schon?

B: Auf den ersten Blick war sie einsame Spitze.

A: Warum nur auf den ersten Blick?

B: Nachdem sie gelacht hat, gefiel sie mir nicht mehr.

A: Wieso nicht, fiel ihr das Gebiss raus?

B: Nein. Aber sie hat so fies gelacht, nachdem ich ihr erzählt hatte, dass alle meine Kreditkarten gesperrt sind.

Das Talent

Der Segeltörn

Eierkopf A: Wenn du noch mal das falsche Segel setzt, laufen wir Gefahr zu kentern und alle an Bord ersaufen.

Eierkopf B: Wirklich alle?

A: Jedenfalls viele. Denn wir haben nicht für alle Rettungsringe mitgenommen. Also reiß dich zusammen. Sonst wird es bös mit dir enden.

B: Komm ich dann in die Hölle?

A: Davon gehe ich aus.

B: Kann man da auch ersaufen?

A: Nein, da wirst du gegrillt.

B: Das ist ja nicht so schlimm. Denn der Pfarrer hat gepredigt, dass mein Körper auf der Erde bleibt und nur meine Seele ins Jenseits kommt.

Ordnung muss sein

Die Atheisten

Eierkopf A: Woran glauben Atheisten?

Eierkopf B: Das es keinen Gott gibt.

A: Aber woran glauben sie dann?

B: An nichts.

A: Wie funktioniert das, an nichts zu glauben?

B: Man kann an alles glauben, auch an das Nichts.

A: Wie kann man an etwas glauben, was es nicht gibt?

B: Mit einer gehörigen Portion Stolz.

Im Bierzelt

Das neue Buch

Eierkopf A: Mein neues Buch ist in den Handel gekommen. Kennst du es?

Eierkopf B: Nein. Warum sollte ich das kennen?

A: Also, dann erzähle ich dir davon. Es ist ein Roman.

B: Worum geht es?

A: Eine Frau will sich einen Millionär angeln, verliebt sich dabei aber ...

B: Liebesromane interessieren mich nicht.

A: Nun hör doch mal zu. Ich erzähle dir jetzt so lange von dem Buch, bis du es kaufst.

B: Nur zu. Dann brauche ich es nicht mehr kaufen.

Der Widerruf

Windows

Eierkopf A: Warum heißt das Betriebssystem für Computer eigentlich Windows?

Eierkopf B: Das ist englisch und heißt übersetzt Fenster.

A: Plural oder Singular?

B: Im Englischen in Plural. In der deutschen Sprache bedeutet Fenster sowohl Einzahl als auch Mehrzahl: das Fenster, die Fenster.

A: Es gibt also viele Fenster in der Software.

B: Richtig!

A: Und warum braucht das Betriebssystem viele Fenster?

B: Damit die Viren schnell raushüpfen können, wenn der Computer abstürzt.

Im Friedwald

Das kleine Gehirn

Eierkopf A: Warum bist du so traurig?

Eierkopf B: Weil ich ein kleines Gehirn habe.

A: Wie kommst du darauf?

B: Markus hat gesagt, dass sein Gehirn größer wäre als meins.

A: Und woher weiß er das?

B: Er hat mir tief in die Augen geschaut und gesagt, da sei ein großer Hohlraum.

A: Unfug! Durch die Augen kann man dein Gehirn nicht sehen.

B: Eben. Er konnte es kaum finden und hat gesagt, wenn es aufgeblasen würde, wäre es so groß wie ein Senfkorn.

Im Frühling

Ansichtspostkarten

Eierkopf A: Warum hast du dem Souvenirhändler alle Ansichtskarten abgekauft?

Eierkopf B: Mehr hatte er nicht. Aber morgen bekommt er eine neue Lieferung.

A: Willst du dann etwa noch mehr kaufen?

B: Natürlich. Die hier reichen nicht.

A: Du willst doch nicht etwa unser Haus damit tapezieren?

B: Interessante Idee. Nein, die werden alle verschickt.

A: Alle?

B: Natürlich. Unsere Bekannten sollen total neidisch sein, weil wir auf den Seychellen sind.

Auf dem Friedhof

Zwei Seiten

Eierkopf A: Merkwürdig, fast alles hat zwei Seiten: Münzen, Butterbrote, Buchseiten. Allerdings haben einige Dinge mehr als zwei Seiten.

Eierkopf B: Nur wenn man nicht genau hinschaut. Auch die Teile in der Grauzone stehen entweder der einen oder der anderen Seite nahe.

A: Und warum ist das so?

B: Weil der Schöpfer es so eingerichtet hat.

A: Es wäre viel schöner, wenn es nur Frieden gäbe und keinen Krieg.

B: Dann gäbe es uns nicht.

A: Wieso?

B: Ohne Tod gibt es kein Leben.

Hornochsen

Gesundheitsproblem

Eierkopf A: Ich habe ein Gesundheitsproblem.

Eierkopf B: Ist es bösartig?

A: Extrem belastend.

B: Nun rück schon mit der Sprache heraus: Kopf, Magen, Galle, Leber, Gelenke?

A: Weder noch.

B: Aha, du kannst nicht schlafen.

A: Doch, sogar sehr gut. Aber ich rede beim Schlafen.

B: Na und? Das ist doch kein Problem.

A: Das ganze Büro lacht schon über mich.

Angst

Scheidung

Eierkopf A: Stell dir vor, Conny und Erik lassen sich scheiden. Das Traumpaar. Ich bin erschüttert.

Eierkopf B: Sind das die mit den unzähligen Ratgeber-Büchern?

A: Genau! Jedes Buch über harmonisches Leben kauften und studierten sie von der ersten bis zur letzten Zeile. Oft gemeinsam.

B: Und wie sah es praktisch aus?

A: Alle Ratschläge haben sie sogleich penibel befolgt und praktiziert.

B: Dann hat mindestens einer von beiden zusätzlich eine Stimme im Kopf, die in der Beziehung mitredete.

Vergessen?

Krieg

Eierkopf A: Furchtbar! Immer wieder zettelt an irgendeinem Ort auf der Welt jemand Krieg an. Höchste Zeit, dass der liebe Gott das verbrecherische Treiben stoppt.

Eierkopf B: Vielleicht gefällt es ihm, so wie es ist.

A: Von Wegen. Damals, bei der Sintflut hat er das gottlose Volk kurzerhand ersäuft.

B: Aber heutzutage gibt es zu viele Schiffe. Das Ersäufen der finsteren Mächte wäre problematisch, zumal etliche luxuriöse und eigene Hochseejachten besitzen.

A: Dann muss sich der himmlische Herr eben etwas Neues einfallen lassen.

B: Hab bitte Geduld. Laut Bibel ist der Plan für die vernichtende Schlacht längst fertig.

Fußball

Die Familie

Eierkopf A: Meine Familie ist das Letzte. Mein Bruder klaut und meine Schwester lügt.

Eierkopf B: Was hat er geklaut?

A: Ein Auto, das er angeblich nur ausgeliehen hat, was ihm der Staatsanwalt aber nicht abkauft.

B: Und deine Schwester hast du beim Lügen ertappt?

A: Ja, zufällig hörte ich, wie sie zu Kai sagte, er sei der beste Liebhaber aller Zeiten. Vorgestern war Jörg noch der Beste.

B: Deine Familie steckt voller Überraschungen.

A: Leider kann man sich seine Familie nicht aussuchen.

B: Das ist noch nicht bewiesen.

Eine Pflegekraft

Tempel

Eierkopf A: Früher, wenn Jesus nach Jerusalem kam, besuchte er auch immer den Tempel.

Eierkopf B: Ja, das war ihm wichtig. Als er dort einmal profitgierige Geschäftsleute antraf, wurde er sogar gewalttätig und jagte sie persönlich raus.

A: Wenn für Jesus der Tempel so wichtig war, warum bauen die großen christlichen Kirchen dann heute keine Tempel?

B: Für einen Tempelbau bedarf es eines göttlichen Auftrags, einer Offenbarung.

A: Und auf die Offenbarung warten die Kirchenfürsten?

B: Nein, sie behaupten, es gäbe keine göttlichen Offenbarungen mehr. Im Klartext: Der Schöpfer hat Redeverbot.

Wer regiert?

Auf dem Glücksweg

Eierkopf A: Wie bitte, du willst Marathon laufen?

Eierkopf B: Ja, aber nur bei den richtigen Mondphasen.

A: Aber du isst doch täglich Schonkost, trinkst keinen Alkohol und bist total schlank.

B: Heutzutage muss man fitt bleiben, das macht mich glücklich.

A: Außerdem schwimmst du jeden Morgen.

B: Und nächsten Monat steht eine Fastenkur auf dem Programm.

A: Wow, so ein Stress. Stell dir vor, eine Pille, die ohne Sport und Diät glücklich macht.

B: Wo gibt es die?

A: Nirgends.

Im Theater

Der Albtraum

Eierkopf A: Seit Tagen habe ich jede Nacht den gleichen furchtbaren Albtraum.

Eierkopf B: Erzähle. Darüber reden soll helfen, die Angst zu bewältigen.

A: Ich träume von einem glänzenden Berg Goldbarren.

B: Das ist doch kein Albtraum, sondern ein freudiges Erlebnis. Bei Albträumen hat man entsetzliche Angst und erwacht schweißgebadet.

A: Ich erwache schweißgebadet.

B: So? Liegen die Goldbarren etwa auf dir und du musst um Luft ringen?

A: Nein, im Traum fehlen zehn von meinen neunzig im Keller.

Die Prognose

Der Meeresspiegel steigt

Eierkopf A: Unzählige Klimaforscher prophezeien, dass infolge des steigenden Meeresspiegels zuhauf Städte und Länder in den Fluten versinken werden.

Eierkopf B: Ich weiß, aber niemand beschäftigt sich mit dem positiven Faktor.

A: Was soll daran positiv sein?

B: Bei jedem Vulkanausbruch sehen wir, dass unser Planet unter der Erdkruste flüssig ist. Wenn mehr Wasser auf den Meeresboden drückt, wird das Konsequenzen haben.

A: Welche Konsequenzen?

B: Ich erwarte, dass neues und trockenes Land aus dem Meer aufsteigt. Das gab es früher auch schon. Ich habe mir ein Schnellboot gekauft, um als erster das neue Land zu besetzen.

Gute Laune

Wünsch dir was

Eierkopf A: Du siehst so krank aus. Wirf eine Münze über deine linke Schulter und wünsch dir was.

Eierkopf B: Warum über die linke Schulter?

A: Auf der rechten sitzt der Schutzengel, der deinen Wunsch erfüllt, auf der linken der Teufel, der dann die Münze an den Kopf bekommt.

B: Okay, ich wünsche mir ...

A: Stopp! Nicht laut sagen, sonst hört es der Teufel.

B: Und nun?

A: Hoffen wir, dass die Schutzengel so viele Überstunden leisten können.

Komplimente

Ein Namen

Eierkopf A: Dein neuer Freund heißt also Ralf. Und weiter?

Eierkopf B: Was weiter? Ralf.

A: Hat der keinen Familiennamen?

B: Wofür? Ralf ist in meiner WhatsApp-Gruppe. Alle haben dort nur einen Namen und Duzen sich.

A: Vor über 200 Jahren wurden bei uns die Familiennamen eingeführt; eine Verbesserung, um jeden eindeutig zu identifizieren.

B: Ralf ist unverwechselbar mit Foto, Text, Ton und Account. Alles klar?

A: Weil es jetzt WhatsApp gibt, sind Nachnamen überflüssig? Ich bin beeindruckt. Aber wer meinen Familiennamen missachtet, ist für mich nicht exklusiv genug.

Schreibratgeber

Ein großer Fisch

Eierkopf A: Ich war gestern angeln.

Eierkopf B: Was hast du gefangen?

A: Einen riesigen Hecht. Das war ein gigantischer Kampf mit dem zappeligen Burschen.

B: Ist er dir entwischt?

A: Keineswegs! Mit dem Kescher hievte ich ihn in letzter Konsequenz an Land. Rate mal, wie lang der war?

B: Die Hälfte.

A: Was soll dass heißen, die Hälfte?

B: Das wirst du mir doch gleich mit ausgestreckten Armen zeigen. Der Hecht war halb so lang.

Exzellentes Dinner

Ohne Prüfung

Eierkopf A: Jeder, der Maurer werden will, wird drei Jahre ausgebildet. Erst nach bestandener Abschlussprüfung erhält er den Gesellenbrief.

Eierkopf B: Ja, eine gute Tradition im Handwerk.

A: Und wer Maurermeister werden will, muss sich weiterbilden und zusätzliche Prüfungen ablegen. Erst dann darf er selbstständig einen eigenen Maurerbetrieb führen.

B: Wir wollen uns doch in unseren Häusern wohl und sicher fühlen.

A: Aber wer Bundeskanzler werden will, stellt ein paar Plakate auf und hält in Städten wortreiche Reden. Da gibt es keine Lehrzeit und keine Abschlussprüfung. Der wird einfach so auf die Menschheit losgelassen.

B: Das haben die Politiker womöglich bei den Schriftstellern abgeguckt.

Politiker

Weitere Bücher von Reinhard Staubach

Gunda und das strahlende Erbe

Roman

Die Journalistin Gunda Schönwetter trifft Roy Drömer, der an einer neuen und üppigen Energiequelle tüftelt. Sie wittert die Story ihres Lebens und folgt ihm nach Frankreich. Gleichzeitig kommt es in Kegelbergen zu Protesten für und gegen ein Endlager des radioaktiven Abfalls aus Kernkraftwerken. Gunda verliebt sich in den Anführer der Befürworter und vermutet, dass sich Roys Erfindung ebenfalls um Atommüll dreht. Die Ereignisse eskalieren.

ISBN 978-3-7557-7352-8

Mönch, Melinda und Moneten

Roman

Der wohlhabende Markus Baumann ergreift die Möglichkeit, seine Identität zu wechseln. Er nimmt den Platz des verstorbenen Mönchs Lazarus eine. Doch dann verliebt sich der unerfahrene Ordensbruder in die Organistin Melinda. Obendrein holen ihn die Schatten der Vergangenheit ein. Das neue Dasein des Klosterbruders ist bedroht. Es gibt Tote. Verzweifelt sucht er nach einem Ausweg. – ISBN 978-3-7519-6680-1

Ein Jahr und zehn Tage

Roman

Noah, der zehnte Urvater nach Adam, wurde von Gott auserwählt, durch den Bau der Arche die Sintflut zu überleben. Seine Familie sowie viele Tiere wurden vor der Vernichtung bewahrt. Laut Bibel verließen alle nach einem Jahr und zehn Tagen die Arche und bevölkerten die Erde neu. Was geschah während der Zeit in der Arche? Darüber steht in der Bibel - nichts. Studienrat Karl Schmidt zweifelt an seinen Sinnen, als ihm ein sprechender Rabe von den unbekannten Ereignissen in der Arche berichtet.

ISBN 978-3-7347-0591-5

Schlummernde Leben

Roman

Der Student Bernd verliebt sich in die Kommilitonin Martina. Über der jungen Liebe schwebt ein störender Schatten. Denn Martina ist davon überzeugt, schon mehrmals in anderen Körpern auf der Erde gelebt zu haben. Für Bernd sind Martinas Schilderungen nicht glaubwürdig. Er hält die Seelenwanderung für Unfug und will ihr das durch eine Rückführung unter Hypnose beweisen. Dabei tauchen unvermutete Fakten auf, die Martinas Leben bedrohen. – ISBN 978-3-7481-2835-9

Ermunterung ist steuerfrei

und andere Geschichte

Was tun, wenn sich ein riesiger schwarzer Hund anschickt, einem das Steak vom Teller zu fischen? Kann man etwas von Spatz lernen? Schmecken gependelte Schnitzel tatsächlich besser? Was würden Sie empfinden, wenn Sie herausfänden, dass Ihr Ur-Ur-Ur-Großvater ein Sklavenhändler war? – Geschichten zum Schmunzeln und manchmal auch zum Nachdenken.

ISBN 978-3-7448-1771-4

Starnitz – Eine Reise nach Pommern und Ostpreußen

Im Juni 2002 reiste Reinhard Staubach mit Verwandten nach Polen. Er berichtet über die Reise und seine Kindheit in dem unter polnischer Verwaltung stehenden Hinterpommern. In Starnitz fanden sich seine Eltern. Dort endete 1945 für die Mitreisenden die Flucht vor der Roten Armee. Rathsdamnitz, Stolp, Stolpmünde, Mützenow, Kosemühl, Brausberg, Starnitz und andere Orte wurden besucht. Eine Reisereportage mit 60 Fotos.

ISBN 978-3-7386-3261-3

Wiedersehen in Lissabon

Erzählungen

Erzählungen, die die Wechselfälle des Lebens aufs Korn nehmen. Wenn der Zeitgenosse gegen sein Schicksal anrennt, so entsteht nicht Tragik, sondern Komik. Liebevoll werden die tauglichen und untauglichen Versuche vorgeführt, ein wenig Glück an Land zu ziehen. Der Leser verfolgt mit Spannung, wie der Autor seine Szenen auf die Spitze treibt oder seine Personen wie bunte Schmetterlinge im Netz seiner Pointen gefangen setzt.

ISBN 3-933292-66-2
EAN 9783739630892

Possierliche Verse

63 Staubericks

Gedichte

Fünf-Zeiler, oft heiter, aber auch besinnlich und bisweilen bizarr. Alle Gedichte sind mit Auftakt nach dem Reimschema aa bb a geschrieben (Limerick). Illustrationen des Autors bereichern den Inhalt.

ISBN 978-3-7431-1733-4

Ein Kiesel zum Verlieben

Gedichte

»Seine Gedichte über einen Weidezaun, den Stein Davids gegen Goliath und über die bösen Buben lösten allgemeine Heiterkeit aus. Reinhard Staubach zeigte durch seine mit schauspie-lerischem Talent gehaltene Lesung, dass Literatur nicht immer eine ernste Angelegenheit sein muss. Die humoristischen Musikeinlagen mit einem Kuhhorn taten ihr Übriges dazu.« - *Schwäbische Zeitung*

ISBN 978-3-7357-1958-4

Das Fledermaus-Sportfest

Illustrierte Erzählungen aus dem
Reich der Fabeln

Wer wird beim Fledermaus-Sportfest siegen? Wird die schöne Elisabeth auf Schmeicheleien hereinfallen? Warum will ein Murmeltier im Winter nicht schlafen? Weshalb erhält Paule täglich drei Eicheln? – Vor diesen und anderen Herausforderungen stehen Fledermäuse, Murmeltiere, Frösche und weitere Tiere in Wald und Flur.

ISBN 978-3-7392-0894-7

Dem Licht entgegen

Spirituelle Erlebnisse

Herausgegeben von Reinhard Staubach mit Beiträgen von: Tycho Siebke, Wilfried T.H. Vogt, Michael Panitsch, August Schubert, Dr. Lothar Peters, Dietrich von Rauchhaupt, Hermann C. Sievers, Prof. Dieter Berndt, Georg R. Schwarz, Marianne Schmidt, Udo Lange, Baldur Stoltenberg, Margot Szalla-Köhler, Fredy Lopper, Johannes P. Hopfe, Erich Konietz, Rudolf W. Neideck, Heinrich Stilger, Heinz Staubach und Johannes E.P. Kindt.

ISBN 978-3-7357-8030-0

––––––––––––

Alle Bücher sind auch als E-Book erhältlich.

www.staubach.biz